VENTE

HOTEL DROUOT — SALLE N° 11

Les Lundi 8 et Mardi 9 Février 1904

A 2 HEURES 1/4

BEAUX MEUBLES D'ART

styles

Renaissance et XVIIIe siècle

BRONZES, MARBRES, ÉMAUX CLOISONNÉS

Porcelaines, Faïences — Armes de l'Extrême-Orient

BIJOUX, PERLES, DIAMANTS

Tableaux, Tapis, Tentures

Me Henry BRICOUT
COMMISSAIRE-PRISEUR
10, Rue Sainte-Cécile

M. Arthur BLOCHE
EXPERT PRÈS LA COUR D'APPEL
51, Rue Saint-Georges

EXPOSITION PUBLIQUE

Le Dimanche 7 Février 1904, de 2 heures à 5 heures 1/2

Paris. — Imp. C. CHAUFOUR
8-10, rue Milton

CONDITIONS DE LA VENTE

La vente sera faite expressément au comptant.

Les acquéreurs paieront 10 o[o en sus des adjudications.

L'exposition mettant le public à même de se rendre compte de l'état des objets, il ne sera admis aucune réclamation une fois l'adjudication prononcée.

4549. — Imp. C. Chaufour, 8-10, rue Milton, Paris.

DÉSIGNATION

BIJOUX

Objets de vitrine — Argenterie

1 — Beau pendentif enrichi de deux émeraudes pesant 20 carats 3/8.

2 — Petit collier composé de deux rangs de perles avec fermoir trèfle en or, perles et roses (19 grains).

3 — Montre de dame en or à remontoir, double boitier, enrichie de roses.

4 — Broche en or avec miniature ancienne : tête d'homme.

5 — Bague enrichie d'une perle entourée de brillants.

6 — Bague ornée d'une perle et de brillants.

7 — Montre de dame, boîtier ciselé enrichi de diamants (mouvement de Lecoultre).

8 — Montre de dame en or, boitier enrichi d'une opale.

9 — Bague marquise en or pavée de diamants.

10 — Bague en or croisée, perle fine et brillant.

11 — Bague en or avec perle fine, entourée de diamants.

12 — Bague en or forme serpent, enrichie d'un brillant et d'un saphir.

13 — Bague en or, opale entourée de diamants.

14 — Epingle de cravate en or, forme trèfle, ornée de perles fines et de brillants.

15 — Aumonière en argent.

16 — Bourse en argent, fermoir Louis XV à personnages et double compartiment à l'intérieur.

17-18 — Quatre miniatures : portraits de femme.

19 — Miniature ancienne : portrait d'homme.

20 — Bonbonnière ovale en or guilloché, bords perlés, époque Louis XVI.

21 — Collier en or enrichi de grenats, perles fines et cinq brillants.

22 — Bracelet orné d'une montre en or à remontoir enrichie de diamants et saphirs.

23 – Collier de chien de vingt et un rangs de perles, barrettes en diamants.

24 — Epingle de cravate en or, trèfle formé par trois perles.

25 — Epingle de cravate en or ornée d'une intaille, entourée de diamants.

26 — Bague en or, ornée d'un saphir violet.

27 — Flacon en or, orné d'un grenat cabochon.

28 — Paire de boutons d'oreilles en or formés de deux perles.

29 — Montre remontoir en or, répétition à minutes.

30 — Broche en or, ornée d'une miniature enrichie de roses.

31 — Sautoir en or, orné de vingt perles, de rubis et d'émeraudes.

32 — Epingle à chapeau, ornée d'une très grosse perle.

33 — Bague en or, enrichie d'un rubis cabochon d'Orient, d'une perle et de six brillants.

34 — Paire de boutons de manchettes en or, ornés de camés à têtes de guerriers.

35 — Bague en or, ornée de cinq rubis entre deux roses.

36 — Bague en or, ornée d'une opale entourée de roses.

37 — Paire de boutons d'oreilles formés de deux brillants.

38 — Bague en or, enrichie de deux brillants et d'un saphir cabochon.

39 — Pendule mignonette de voyage.

40-41 — Deux statuettes de chinoise en ivoire.

42 — Email de Limoges à sujet religieux.

43 — Couteau de chasse ancien, en argent orné d'incrustations de nacre.

44 — Montre argent. Epoque Louis XIV.

45 — Deux boutons or et émail Louis XVI.

46 — Chapelet grains ambre monture argent.

47 — Deux peignes monture argent et corail.

48 — Petite boucle argent et strass.

49 — Reliquaire argent et émaux.

50 — Reliquaire argent, médaillons dorés.

51 — Deux médailles de Sainte-Hélène.

52 — Cachet jade monture argent doré.

53 — Cachet jade monture argent.

54 — Quatre cachets ivoire monture argent.

55 — Bague marquise émaillée bleue.

56 — Bague marquise émailée vert.

57 — Deux boutons émaillés bleu, montures argent.

58 — Cuiller argent, manche porcelaine.

59 — Briquet argent et acier.

60 — Croix normande argent et or.

61 — Carnet de bal ivoire et émail.

62 — Pot à thé en porcelaine de Chine, monture argent.

63 — Miniature ivoire : Femme au manchon.

64 — Miniature : Blason.

65 — Vierge à l'Enfant. Groupe en ivoire ancien.

66 — Couteau à fruits, lame argent, monture or.

67 — Miniature : le Christ, cadre bois sculpté.

68 — Théïère en porcelaine de Vienne.

69 — Deux couteaux à fruits dans un écrin.

70 — Bougeoir en Wedgwood.

71 — Miniature sur ivoire : Mlle de Grignan.

72 — Deux assiettes cloisonnées.

73 — Médaillon en ivoire et corozo : la reine Victoria.

74 — Miniature : Le Petit chasseur.

75 — Miniature. Portrait de femme monté sur broche en argent.

76 — Portrait de femme, miniature ivoire montée en broche argent.

77 — Bonbonnière en écaille : Miniature sur ivoire : Femme au corsage bleu.

78 — Médaillon ovale, miniature homme, revers avec inscription : « United for ever ».

79 — Miniature sur ivoire : Femme époque Empire.

80 — Miniature : Portrait de femme sur ivoire corsage violet. Epoque Louis XVI.

81 — Miniature : Portrait d'homme ivoire, cadre Empire rectangulaire.

82 — Miniature : Portrait d'homme au jabot. Epoque Empire.

83 — Douce résistance : Miniature sur parchemin.

84 — Miniature : Portrait de femme dans un écrin, dorure aux petits fers. B. D. K., 1751.

85 — Miniature : Femme au collier de corail. Epoque Empire.

86 — Miniature : Portrait de Louis XVIII sur ivoire.

87 — Croix normande en argent.

88 — Croix en strass, monture en argent et or.

89 — Petite croix en argent et strass.

90 — Ciseaux en nacre et or. Epoque Empire.

91 — Poignard avec manche en ivoire, fourreau acier et argent.

92 — Timbale anglaise en argent.

93 — Coupe à déguster en argent avec fond formé d'une pièce de monnaie ancienne.

94 — Miniature ancienne : La Partie de main chaude.

95 — Paire de boucles d'oreilles anciens grenats entourés de roses.

96 — Coffret à odeurs en marqueterie.

97 — Coupe-papier en vermeil.

98 — Boîte à mouchoirs en laque d'or du Japon.

99 — Deux salières en argent. Epoque Louis XVI.

100 — Six couteaux à manches en argent.

101 — Deux moutardiers en argent. Style Louis XVI.

102 — Deux raviers en argent. Style Ier Empire.

103 — Bol à punch en argent.

104 — Cachet forme coupe-papier en bronze surmonté d'une statuette représentant François Ier.

105 — Clef en vermeil ornée d'un écusson.

106 — Douze couteaux à dessert à lames et manches en argent.

107 — Six verres à liqueurs en cristal montés en argent.

108 — Eventail en écaille Ier Empire.

109 — Parure de parapluie en écaille et argent.

110 — Miniature sur ivoire : Portrait d'homme. Signé CARLO ERRANI, cadre bronze doré.

111 — Quatre cannes en jonc avec pommes en or, argent et ivoire.

112 — Montre en or repoussé. Epoque Louis XV.

113 — Montre en or de couleur. Epoque Louis XVI.

OBJETS D'ART

114 — Beau service à café et à thé en ancienne porcelaine de Saxe-Marcolini, décor a bouquets de fleurs, composé d'une cafetière, un sucrier, un pot à crème, un flacon à thé, un bol, un petit plat, vingt tasses et vingt soucoupes.

115 — Statuette en marbre : la Source. Œuvre de VERONA.

116 — Deux brûle-parfums en Satsuma, décor très fin à personnages dans des intérieurs et à scènes guerrières en émaux rehaussés d'or, panses aplaties, anses à écrevisses. couvercle surmonté de figurines représentant des divinités.

117 — Vase en porcelaine du Japon, décor à fleurs en rouge et bleu.

118 — Statuette en bronze : Arlequin, de P. DUBOIS.

119 — Buste en marbre : la Chanson.

120 — Paire de vases de style Louis XVI en marbre rouge royal, ornés de bronzes ciselés et dorés, anses à têtes de béliers reliées par des guirlandes de fleurs.

121 — Paire de candélabres Ier Empire à trois lumières, formés par des figurines de nymphes soufflant dans des trompes, socles en bronze ornés de motifs en bronze doré.

122 — Brûle-parfums ou cassolette en émail cloisonné fond bleu turquoise, décoré de chrysanthèmes, bordure à lambrequins, anses à lézards, couvercle ajouré surmonté d'un dragon, socle en bois de fer.

123 — Paire de candélabres de style Louis XVI formés par des vases en marbre blanc d'où s'échappent des bouquets de pavots à six lumières, anses à têtes de béliers reliées par des guirlandes préparés pour l'électricité.

124 — Statuette en marbre : le Tambourin crevé, socle en marbre bleu turquin.

125 — Paire de girandoles de style Louis XV en bronze ciselé et doré, à cinq lumières, modèle à rocailles fleuronnées.

126 — Deux grand vases en faïence du Japon fond brun, décor à fleurs et personnages en émaux de couleur, anses à cordelières.

127 — Grand brûle-parfums en bronze du Japon, sur trépied à têtes d'éléphants, décoré en relief de volatiles posés sur des branchages fleuris, couvercle surmonté d'une chimère.

128 — Deux chenêts de style Louis XVI en bronze ciselé et doré, modèle à brûle-parfums sur des balustrades, reliés par des thyrses de laurier.

129 — Cache-pot en bronze du Japon, décor à volatiles et branchages fleuris en relief.

130 — Brûle-parfums en ancien cloisonné de Chine, décor par bandes à arabesques sur un fond bleu turquoise, couvercle ajouré, anses plates.

131 — Deux bouteilles en émail cloisonné, fond bleu turquoise, décorées de chrysanthèmes et dans le haut de rosaces et d'arabesques.

132 — Paire de vases en porcelaine de Chine, décor à personnages dans des paysages, en émaux de couleur.

133 — Petit buste en marbre : le Jeune Florentin.

134 — Petit buste en marbre : le Printemps.

135 — Cartel de style Louis XV en bronze ciselé et doré à rocailles, guirlandes de fleurs et touffes de roseaux.

136 — Jeu de cinq boites en laque du Japon fond brun, décor aux éventails.

137 — Garniture de cheminée composée de : trois pièces en bronze doré, une pendule et deux candélabres.

138 — Garniture de cheminée en bronze doré. Pendule et deux bouts de table. Style Louis XV.

139 — Garniture de cheminée. Pendule et deux candélabres en bronze doré, style Louis XVI.

140 — Deux coupes en bronze, style Louis XVI.

141 — Deux vases en bronze doré.

142 — Deux vases en marbre blanc et bronze à têtes de béliers.

143 — Bronze : Bacchante signé CLODION.

144 — Bronze : Lion et caïman signé DELABRIÈRE.

145 — Grand brûle-parfum en bronze.

146 — Groupe en porcelaine de Saxe : L'Enlèvement de Proserpine.

147 — Soupière en porcelaine blanche de Sèvres avec initiales P. C.

148 — Jeu de potiches : cinq pièces en porcelaine anglaise décorée d'écussons.

149 — Deux assiettes en porcelaine de Sèvres, portraits de Marie Antoinette et de Louis XVI.

150 — Théière, sucrier et pot à lait en faïence de Delft.

151 — Cornet en Japon bleu socle en bois sculpté et formant support.

152 — Glace à main offrant dans un encadrement en ivoire un médaillon : Hercule terrassant l'Hydre de Lerne, des sirènes et des dauphins, style Renaissance, inspiré de Jean Goujon.

153 — Plaque sonore dite de Mariage en jade blanc travail chinois représentant sur chaque face des oiseaux de paradis dans des paysages. Encadrement à jour. Les plaques sont reliées entre elles par des chainettes à maillons en jade pris dans la masse.

154 — Importante pendule : l'Enfant à l'oiseau, en bronze mat et doré socle en marbre griotte Louis XVI.

155 — Cartel en bronze doré cadran signé Lenoir, Paris. Epoque Louis XV.

156 — Lustre en bronze doré Louis XVI orné de cristaux anciens.

157 — Lustre hollandais en bronze à trois lumières.

158 — Deux lampes porcelaine et bronze Louis XV.

159 — Encrier en marbre et bronze : Les Enfants d'Edouard.

160 — Pendule en bronze doré à cariatides. Epoque Empire.

161 — Bronze : Aigle sur une boule.

162 — Réveil cadran peint. Epoque Louis XIV.

163 — Buste de femme en bronze patiné, socle marbre.

164 — Bronze : Femme chasseresse.

165 — Deux flambeaux en bronze : Epoque Empire.

166 — Coupe en porcelaine de Chine, monture bronze.

167 – Deux flambeaux argentés ép. Louis XVI.

168 — Aigle en terre cuite, cadre Empire avec N couronné.

169 — Pendule en bronze doré. Epoque Ier Empire.

170 — Deux coupes en marbre vert et bronze. Epoque Empire.

171 — Coupe vide-poches en marbre. Epoque Empire.

172 — Glace ovale monture bronze doré, amours.

173 — Encrier marbre et bronzes. Epoque Empire.

174 — Vide poches et porte bouquets en porcelaine de Sèvres 1859 monture en bronze.

175 — Paire de girandoles Louis XVI bronze et cristaux.

176 — Cartel en bronze style Louis XV.

177 — Deux potiches en barbotine, socle en bois.

178 — Cache-pot en faïence bleu et or. Epoque Empire.

179 — Plat en porcelaine de Chine.

180 — Presse papier : Main et oiseau en bronze.

181 — Cheval de labour en bronze.

182 — Deux vases en marbre vert 1er Empire en bronze finement ciselé et doré.

183 — Petit cache pot en faïence bleue de Nancy.

184 — Deux bouts de table Louis XIV en bronze doré.

185 — Buste de femme en terre cuite signé E. Laurent.

186 — Christ en fonte sur croix en chêne.

187 — Bas relief en cire tête de femme.

188 — Objectif à foyer multiple Derogy.

189 — Deux statuettes cariatides en bois sculpté XVIe siècle.

190 — Bronze : Narcisse du musée de Naples.

191 — Deux bouts de table argentés Louis XV, montés à l'électrité.

192 — Deux girandoles en bronze doré, style Louis XVI.

193 — Petite pendule en marbre et bronze doré, style Ier Empire.

194 — Pendule marbre noir et bronze doré, avec bas-relief de CLODION, style Louis XVI.

195 — Pendule en faïence de Gien.

196 — Groupe en biscuit, d'HIPPOLYTE MOREAU.

197 — Glace de style Ier Empire en bronze doré et ciselé, socle en marbre blanc.

198 — Glace à main style Ier Empire en bronze doré et ciselé.

199 — Petit bougeoir en bronze, style florentin.

199 *bis* — Groupe en bronze : Les Chevaux de Mène.

200 — Pendule en bronze doré : La liseuse, Ier Empire.

201 — Deux bouts de table en bronze. Epoque Louis XIV.

202 — Paire de flambeaux en bronze doré. Ier Empire.

203 — Coffret à bijoux en bronze doré.

204 — Deux plats en nickel.

205 à 208 — Lot d'assiettes en porcelaine ancienne.

209 — Deux jardinières en porcelaine décorée.

210 — Petit cartel en bronze doré, style Louis XVI.

211 — Coupe en bronze ciselé et argenté, signée Arson.

212-213 — Deux miroirs en bronze argenté, style Louis XVI.

214 — Trois vide poches en bronze du Japon.

215 — Deux coupes en bronze de BARBEDIENNE.

216 — Pendule Louis XVI en bronze doré.

217 — Violon ancien.

218 — Papeterie en marqueterie garnie de bronzes.

219 — Appareil photographique Kodak 9×12.

220 — Malle de cabine en cuir.

221 — Semaine rasoirs anglais.

ARMES

222 — Grande lance chinoise dite casse-tête fer forgé, très ancienne hampe bois de Gaô.

223 — Lance annamite lame damasquinée, hampe de Saô.

224 — Sceptre annamite ancien, servant aussi aux bonzes, cuivre, bagues argent, bois de coco.

225 — Lance d'ennuque, lame flamme argent et ébène.

226 — Deux pagaies pour pirogues cambodgiennes en laque rouge et noire.

227 — Baton de commandement bois de fer, incrusté de clous argent représentant un dragon enroulé (très joli travail).

228 — Sabre de bourreau, servant aux exécutions poignée ébène, ciselure en argent ancien.

229 — Sabre d'exécution plus petit cambodgien, poignée peau de serpent et argent.

230 — Sabre de guerrier chinois, très ancien, poignée peau de serpent, bout damasquiné.

231 — Kriss malais, très ancien, lame forgée, poignée racine bambou, fourreau bois et argent.

232 — Poignard siamois, manche ivoire, fourreau bois et argent.

233 — Coupe-coupe annamite manche bois de fer.

234 — Coupe-coupe cambodgien, manche ébène.

235 — Petite hachette siamoise en cuivre portée à la ceinture en guerre.

236 — Lance cambodgienne hampe ébène, monture en argent.

237 — Grande lance chinoise, forme fauchard, hampe palissandre, monture cuivre et argent.

238 — Deux lances annamites prises à l'attaque de Hué, hampes Saô, monture cuivre.

239 — Lance siamoise, hampe bois de fer, monture argent et cuivre.

240 — Lance royale cambodgienne, lame formant flamme contournée, monture argent repoussé fer forgé.

241 — Trident chinois très ancien fer forgé et cuivre, hampe en Gaô.

242 — Grande lance chinoise coupe-coupe dragon gravé sur la lame (très ancien), hampe palissandre.

243 — Petite lance forme palme (siamoise), bois de cocotier, monture argent.

244 — Couteau de ceinture siamois, manche ébène et argent.

245 — Couteau annamite servant dans les maisons riches pour le service.

246 — Petit sabre japonais servant aux soldats (ancien).

247 — Canne à épée Cambodge ébène et cuivre. (ancienne).

248 — Arc siamois brosses argent.

249 — Arc de Somalis six flèches, curieux travail.

250 — Arc cambodgien deux flèches.

251 — Carquois Moï avec flèches.

MEUBLES

Bois sculptés

252 — Joli meuble de salon de style Louis XV en bois sculpté et doré, dessin à rocailles couvert en tapisserie d'Aubusson, médaillon à fleurs sur fond blanc, contrefond vert pâle, il se compose d'un canapé et quatre fauteuils.

253 — Deux bergères de style Louis XVI en bois sculpté et doré à perlés rais de cœur et rubans enroulés dossier surmonté d'un bouquet de roses, recouvertes en soie rose moirée et brochée à fleurettes.

254 — Table à thé en marqueterie de bois à losanges, avec galerie ajourée et ornée de bronzes ciselés et dorés.

255 — Beau meuble de salon bois doré et sculpté comprenant : un canapé, deux fauteuils, deux bergères et deux chaises légères, le tout recouvert de brocart de soie fond crème, style Régence.

256 — Banquette de piano bois sculpté et doré recouverte en lampas de soie.

257 — Paravent triptyque bois sculpté et doré, le haut à glaces biseautées, panneaux quadrillés et ajourés, genre de Boucher.

258 — Console bois doré et sculpté motifs à rocailles, fleurs et feuillages, marbre brèche violette.

259 — Glace biseautée d'entre-deux de fenêtre avec cadre bois sculpté et doré, motifs à rocailles fleurs et feuillage.

260 — Bahut époque Louis XIII bois sculpté.

261 — Console Louis XVI bois sculpté et doré.

262 — Fauteuil Louis XVI noyer et or.

263 — Lit Louis XV bois de noyer sculpté décor à fleurs.

264 — Chambre à coucher style Louis XIV, composée d'une armoire, galbée à deux portes à glaces biseautées, lit de milieu et table de nuit.

265 — Chambre à coucher style Louis XVI composée d'une armoire à deux portes à glaces biseautées, lit de milieu et table de nuit.

266 — Ameublement de salle à manger noyer ciré Henri II, buffet à cinq portes, une table à trois rallonges et six chaises en cuir.

267 — Vitrine acajou et cuivre dessus marbre.

268 — Grande glace Henri II biseautée cadre à grosses colonnes.

269 — Dressoir noyer ciré à étagère, dessus marbre.

270 — Lit Renaissance en vieux noyer sculpté, voussure formant ciel de lit avec personnages.

271 — Buffet Henri II en vieux noyer à six portes, par GIRARD.

272 — Trois chaises Louis XIV recouvertes en tapisserie au point.

273 — Petit bureau style Louis XVI à cylindre, bois de rose et bronzes.

274 — Support style Louis XVI garni de bronzes et dessus onyx d'Algérie.

275 — Paravent bois doré, style Louis XVI.

276 — Glace trumeau Louis XVI laquée blanc et or, ornée dans le haut d'une gravure.

277 — Cave à liqueur en marqueterie de BOULLE.

278 — Meuble à deux corps en noyer sculpté, style gothique.

279 — Petit bureau ouvrant à dos d'âne en palissandre et bronzes, style Louis XV.

280 — Niche en bois sculpté et doré. XVIe siècle.

281 — Deux statuettes de saints en bois sculpté.

282 — Glace avec cadre en bois sculpté et doré. Epoque Louis XIV.

283 — Ange en bois sculpté. XVIIe siècle.

284 — Glace avec cadre en bois sculpté, fronton à fleurs. Epoque Louis XIV.

285 — Pendule religieuse en bois de violette. Epoque Louis XIV.

286 — Médaillon en bois sculpté : Napoléon.

287 — Bénitier en bois scuulpté avec miniature sur ivoire.

288 — Statuette en bois sculpté : Saint Michel.

289 — Frise en bois sculpté, époque Louis XIV.

290 — Coffret en ébène orné d'incrustations d'ivoire. XVIIe siècle.

291 — Vitrine en bois de rose et d'amaranthe. Epoque Louis XVI.

292 — Deux départs d'escalier en chêne sculpté. Epoque Louis XIV.

293 — Table à jeu tric-trac. Epoque Louis XVI.

294 — Table en acajou et bronzes. Epoque Louis XVI.

295 — Console en acajou et bronzes dorés. Epoque Ier Empire.

296 — Bureau de dame, noyer ciré et marqueterie orné de cuivres.

297 — Meuble de salon comprenant : canapé, deux chaises, deux fauteuils couverts de soierie.

298 — Meuble de salon, style Louis XIV, bois noirci et recouvert de tapisserie de Neuilly, composé d'un canapé, deux fauteuils et deux chaises.

299 — Petite glace avec cadre en bois sculpté et doré. Epoque Louis XVI.

300 — Deux tabourets en palissandre, couverts en tapisserie. Style Louis XV.

301 — Deux encoignures en marqueterie, dessus en marbre. XVIIIe siècle.

302 — Coffret Haffner dans une gaine en chêne sculpté.

TAPIS — RIDEAUX — TENTURES

Dentelles — Fourrures

Cuirs de Cordoue

303 — Deux décors de croisée composés de lambrequins en velours antique montés sur galeries en bois doré et sculpté avec rideaux en faille vert d'eau ornée de broderies. Style Régence.

304 — Grand tapis de la Savonnerie fond beige avec décors attributs de la musique. Style Louis XIV.

305 — Grand châle en dentelle point à l'aiguille et d'Angleterre, riche dessin à bouquets de fleurs et ornements.

306 — Pelisse d'homme, intérieur vison et col castor.

307 — Tapis de table en tapisserie.

308 — Lot de panneaux en cuir de Cordoue.

309 — Coussin en soie brodée.

310 — Dessus de lit en soie jaune garni de dentelles anciennes.

311 — Six bandeaux en filet ancien (seront divisés).

312 — Portière en tapisserie d'Aubusson verdure, personnages et oiseaux.

313 — Dessus de piano en peluche brodée.

314 — Bandeau en broderie, fond satin blanc.

315 — Deux bandes brodées, travail chinois.

316 — Garniture de manteau en castor.

TABLEAUX, DESSINS, GRAVURES

317 — BONHEUR (F.). Marine, peinture sur bois.

318 — CHAVOINE. Marines. Deux pendants.

319 — COOK. Le paysan fumeur.

320 — COOK. Couseuse villageoise. Deux gravures en couleurs.

321 — COROT (genre de). Paysanne assise devant son foyer.

322 — DŒUZEL. Vulcain présentant des armes à Vénus.

323 — DOEUZEL. Créuse brûlée par la robe de Médée. Deux gravures.

324 — HAID. La surprise mal à propos.

325 — HAID. L'innocence.

326 — KARL ROBERT. Paysage. Dessin.

327 — KRATKÉ. Militaires.

328 — KUWASSEG. Paysage, signé.

329 — LE BAS (d'après). Conversation galante.

330 — LE BAS (d'après). Le Bain de Diane.

331 — LE GRAND. Deux gravures en couleur.

332 — MALLET. Dessin au crayon et à la gouache.

333 — MAX. Feuille d'éventail. Dessin sur parchemin.

334 — MURILLO (D'après). Portrait de femme.

335 — NATTIER (Ecole de). L'Education de la Reine.

336 — PÉCRUS. Marine.

337 — RIBOT (Attribué à). Tête d'homme.

338 — SIXDENIERS. L'Attente et le Roman. Deux gravures.

339 — TÉNIERS (D'après). Scène hollandaise. Peinture sur bois.

340 — TÉNIERS (D'après). Les compagnons menuisiers.

341 — Le repas flamand.

342 — VERNET. Dessin au lavis.

343 — VERNET (D'après). Salmacis et Hermaphrodite. Deux gravures par DAULLI, 1762.

344 — VIGNY (ALFRED DE). Paysages. Deux dessins à l'encre de Chine.

345 — WOUWERMANS (Attribué à PIERRE). L'Ecole de dressage.

346-347 — ECOLE ANGLAISE. Napoléon Ier et le roi de Rome, la duchesse de Lamballe et Marie-Antoinette. Quatre gravures ovales en noir.

348 — ECOLE ESPAGNOLE, Scène religieuse. Cadre bois sculpté et doré.

349 — ECOLE FRANÇAISE. Dessus de porte. Amours en camaïeu.

350 — ECOLE FRANÇAISE. Deux panneaux en vernis Martin. Centaure et dieu Pan. (Vente BEURDELEY.)

351 — ECOLE FRANÇAISE. Portrait de femme. Grand cadre en bois sculpté.

352 — ECOLE MODERNE. Pêcheur et Boulonaise. (Deux pendants.)

353 — ECOLE DU Ier EMPIRE. Léda et le cygne.

354 — ECOLE DE 1830. Portrait de femme. Pastel.

355 — Deux dessins à la plume et à la sépia. Encadrés.

356 — Deux gravures anciennes en noir : « Ah ! s'il s'éveillait ! » et « Dors ! Dora ! »

357 — Eventail peint sous verre.

358 — Deux gravures anciennes : portraits de Wilhelmine et de Frédéric II.

359 — Gravure en couleurs, époque du Ier Empire, avec cadre chêne.

360 — Quatre gravures anglaises en couleurs : Sujets de chasse.

361 — Objets omis.

RED. :

16

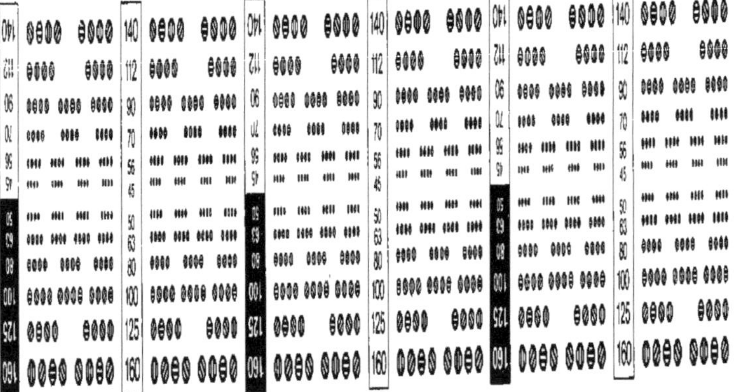

0 1 2 3 4 5 6 7 8 9 10

www.ingramcontent.com/pod-product-compliance
Ingram Content Group UK Ltd.
Pitfield, Milton Keynes, MK11 3LW, UK
UKHW021951260726
13994UKWH00004B/1665